K

D

Khalil Gibran

Der Wanderer

aus dem Englischen übertragen
von Ursula Assaf-Nowak

mit Illustrationen von
Stefanie und Wolfgang Nickel

WALTER

Die Deutsche Bibliothek – CIP-Einheitsaufnahme

Ğibrān, Ğibrān Halīl:
Der Wanderer/Khalil Gibran.
Aus dem Engl. übertr. von Ursula Assaf-Nowak.
Mit Ill. von Stefanie und Wolfgang Nickel. –
Düsseldorf; Zürich: Walter, 2002
ISBN 3-530-26806-2

Umschlagillustration: Regina Solf, Düsseldorf
Satz: Fotosatz Moers, Mönchengladbach
Druck und Einband: fgb · freiburger graphische betriebe
ISBN 3-530-26806-2
www.patmos.de

Inhalt

Einleitung

Der Wanderer ist Khalil Gibrans letztes Werk, das er kurz vor seinem Tod vollendete und das posthum erschien. In Form von Gleichnissen behandelt es die Themen, die ihn sein Leben lang bewegten, wie etwa Schönheit und Hässlichkeit, Freud und Leid, Freiheit und Unterdrückung, Liebe und Hass, Seele und Leib, Gott und Mensch. Dabei schöpft Gibran aus den Lehren der großen orientalischen Weisheitslehrer und Sufis, doch wie schon in seinen Werken «Der Narr» und «Der Vorbote» sowie in seinen arabischen Werken spart er nicht mit Kritik an der Gesellschaft – sowohl der westlichen als auch der östlichen.

Dieses Werk wird unter großen Schmerzen geboren, die seine fortschreitende Krankheit verursacht. Um sich zu erholen, mietet er im Sommer 1930 unweit von Boston ein Haus am Meeresufer, wo er zwei Monate mit seiner Schwester Mariana verbringt und sich der Arbeit am Wanderer widmet.

Am 16. März 1931 kündigt er seiner Freundin und Förderin Mary Haskell, die gewöhnlich die Korrekturen seiner englischen Werke liest, das Manuskript des Wanderers mit folgenden Worten an: «Jetzt bereite ich ein anderes Buch vor mit dem Titel *Der Wanderer*... Es ist ein Buch mit Gleichnissen. Mein Verleger will es im kommenden Oktober veröffentlichen ... Die Arbeit daran ist so gut wie abgeschlossen ... Ich möchte wissen, ob Du das Manuskript nicht mit Deinen sehenden Augen prüfen willst und Deine wissenden Hände darauf legen möchtest, bevor ich es dem Verlag übergeben muss. Möge Gott Dich lieben. K.»

Dies ist der letzte Brief an Mary Haskell, bevor sie das Telegramm mit der Nachricht seines Todes erhält.

Am Karfreitagmorgen, dem 3. April, vollendet Gibran die Illustrationen für den Wanderer: Wie alle Karfreitage seines Lebens verbringt er auch diesen Tag allein in seiner Eremitage. Unterdessen korrigiert Mary Haskell den englischen Text. Ostern schreibt sie ihm: «Glücklich mit der Lektüre des Wanderers! Ich werde ihn so schnell wie möglich zurücksenden.» Gewiss hat er diese Information noch erhalten, bevor er am 10. April, dem Karfreitag nach orientalischem Ritus, mit dem Notarzt ins Sankt-Vinzenz-Krankenhaus in New York gebracht wird, wo er am Abend verstirbt, während sein Wanderer noch «unterwegs» ist. Dieses Werk, das ursprünglich den Titel *Der Derwisch* tragen sollte, beginnt mit dem Text *Der Wanderer* und endet mit der Geschichte *Der andere Wanderer.* Der andere Wanderer, der sich «inmitten von Zwergen bewegt», der «nicht unter den Menschen wandelt, sondern über ihnen», so dass sie von ihm «nur seine Fußstapfen sehen», ist eine Reminiszenz an den Menschensohn, der unermüdlich durch Judäa, Samaria, Galiläa bis zu den südlibanesischen Städten Tyros und Sidon wanderte und den Menschen seine Frohe Botschaft in Form von Gleichnissen verkündete. Und im Bild des Derwisch-Wanderers, der nichts besitzt als einen Mantel und einen Stab und dessen Gesicht ein Schleier aus Wehmut bedeckt, wird Gibran sich wohl selber gesehen haben. Am Ende des Lebens ist seine Seele müde von der Eitelkeit und Absurdität dieser Welt. Doch der Dichter und Prophet in ihm weiß, dass das Leben einem Fluss gleicht, der, egal ob er durch blühende Wiesen oder über raue Steine floss, schließlich ins unendliche Meer einmündet, wo sich alle Gegensätze aufheben. In dem Buch *Die Rückkehr des Propheten* heißt es:

Jenseits des Todes werde ich weiterleben
und euren Ohren singen,
auch nachdem mich die Wellen in die
Tiefen des Meeres zurückgetragen
haben.

Der Wanderer

Ich traf ihn an einer Wegkreuzung; ein Mantel und ein Stab waren alles, was er mit sich führte; sein Gesicht überzog ein Schleier aus Wehmut. Wir grüßten uns, und ich lud ihn ein.
«Komm in mein Haus und sei mein Gast!»
Er ging mit mir. An der Schwelle des Hauses hießen uns meine Frau und meine Kinder willkommen. Er lächelte sie an, und sie freuten sich über sein Kommen. Dann saßen wir alle zusammen am Tisch und waren glücklich über seine Gegenwart, denn eine geheimnisvolle Ruhe ging von ihm aus.
Nach dem Abendessen setzten wir uns ans Feuer und ich erkundigte mich nach seinen Wanderungen. Er erzählte uns viele Geschichten an diesem und auch am folgenden Abend, die gewebt waren aus der Mühsal seiner Tage. Wenngleich er selber freundlich war, so sind seine Geschichten geprägt vom Staub und von den Beschwerden seiner Wege.

Als er nach drei Tagen von uns ging, hatten wir nicht das Gefühl, dass uns ein Gast verlassen hatte; vielmehr war es, als hielte sich einer von uns draußen im Garten auf.

Kleider

Eines Tages trafen sich die Schönheit und die Hässlichkeit am Meeresufer. «Lass uns im Meer baden!», schlugen sie einander vor.
Sie entkleideten sich und gingen ins Wasser. Nach einer Weile kam die Hässlichkeit ans Ufer zurück, legte die Kleider der Schönheit an und schlich sich weg.
Als die Schönheit des Badens müde war, stieg sie aus dem Wasser. Sie suchte vergeblich nach ihren Kleidern. Da sie zu scheu war, um nackt zu bleiben, zog sie die Kleider der Hässlichkeit an.
Seitdem verwechseln die Menschen die beiden. Doch es gibt einige unter ihnen, die das Antlitz der Schönheit sehen und ihre Kleider

ignorieren. Und es gibt andere, die das Gesicht der Hässlichkeit sehen und sich durch ihre Kleidung nicht täuschen lassen.

Der Adler und die Lerche

Auf einem Berggipfel begegneten sich eine Lerche und ein Adler. «Guten Morgen, mein Herr», grüßte die Lerche.

Der Adler erwiderte ihren Gruß herablassend: «Guten Morgen.»

«Ich hoffe, es geht dir gut», fuhr die Lerche fort.

«Es ist alles in Ordnung», sagte der Adler, «aber weißt du nicht, dass wir die Könige der Vögel sind und dass es uns gebührt, eine Unterhaltung zu eröffnen?»

«Aber wir gehören doch zur gleichen Familie», erwiderte die Lerche.

«Wer hat dir denn das weisgemacht?», fragte der Adler missbilligend.

«Lass dich daran erinnern, dass ich ebenso

hoch fliegen kann wie du», sprach die Lerche, «und außerdem verbreite ich Freude und Glück durch meinen Gesang, was du von dir nicht behaupten kannst.»
«Freude und Glück», krächzte der Adler und wütete: «Du vermessene Kreatur! Mit einem Hieb meines Schnabels könnte ich dich töten! Du bist ja kaum so groß wie meine Kralle.»
Die Lerche ließ sich auf dem Rücken des Adlers nieder und begann, auf seinen Federn herumzuhacken. Der Adler, der sich belästigt fühlte, flog flink empor, um die Lerche abzuschütteln. Als es ihm nicht gelang, ließ er sich verdrießlicher als zuvor auf dem Berggipfel nieder und verwünschte die Lerche, die immer noch auf seinem Rücken saß.
In diesem Augenblick kam eine Schildkröte vorbei und lachte über den Anblick, der sich ihr bot; sie lachte so herzhaft, dass sie fast auf den Rücken gefallen wäre.
Der Adler blickte auf die Schildkröte hinab und schimpfte: «Was gibt es da zu lachen, du dummes Kriechtier, das an der Erde haftet?»

«Warum ich lache?», erwiderte die Schildkröte. «Ich sehe, dass man dich zu einem Reittier gemacht hat und dass dir ein kleiner Vogel aufsitzt, der besser ist als du.»
«Kümmere dich um deine Angelegenheiten», entgegnete der Adler, «das ist eine Familienangelegenheit zwischen meiner Schwester und mir.»

Das Liebeslied

Ein Dichter schrieb einmal ein zauberhaftes Liebeslied. Er machte davon mehrere Abschriften und schickte sie seinen Freunden und Bekannten – sowohl Männern als auch Frauen – und darunter war auch eine junge Frau, die er nur einmal in seinem Leben getroffen hatte und die jenseits des Gebirges wohnte.
Ein oder zwei Tage später kam ein Bote der jungen Frau mit einem Antwortschreiben, in dem es hieß: «Lass mich dir versichern, dass

ich tief berührt bin von dem Liebeslied, das du für mich geschrieben hast. Komm zu meinen Eltern, damit wir die Verlobung vorbereiten!»
Der Dichter schrieb ihr zurück: «Meine liebe Freundin, dies war ein Liebeslied aus dem Herzen eines Dichters, wie es jeder Mann jeder Frau singt.»
Ihre Antwort ließ nicht lange auf sich warten. Sie lautete: «Du Heuchler und Lügner! Von heute an bis zu meinem Todestag werde ich deinetwegen alle Dichter hassen.»

Tränen und Gelächter

Eines Abends trafen sich eine Hyäne und ein Krokodil am Nilufer. Sie begrüßten sich, und die Hyäne sprach: «Wie geht es Ihnen, mein Herr?»
Das Krokodil erwiderte: «Mir geht es schlecht! Manchmal weine ich vor lauter Schmerz und Sorgen, und dann behaupten alle: ‹Es sind

nur Krokodilstränen!› Und das kränkt mich unsäglich.»
Die Hyäne entgegnete darauf: «Du sprichst von deinem Schmerz und deinen Sorgen. Aber denk auch einmal an mich! Ich sehe die Schönheit der Welt und ihre Wunder, und vor lauter Freude lache ich. Dann sagen die Bewohner des Dschungels: ‹Es ist nur das Gelächter einer Hyäne!›»

Auf dem Jahrmarkt

Ein hübsches Mädchen vom Land ging einmal auf den Jahrmarkt. Ihr Gesicht glich Lilien und Rosen, ihr Haar leuchtete wie ein Sonnenuntergang und auf ihren Lippen lächelte das Morgenrot.
Sobald diese anmutige Fremde auf dem Jahrmarkt erschien, war sie von jungen Männern umringt. Einer wollte mit ihr tanzen, ein anderer wollte ihr zu Ehren einen Kuchen anschneiden. Und alle wollten sie die Wangen

des Mädchens küssen, denn es war schließlich Jahrmarkt.
Das junge Mädchen war entsetzt, und sie verachtete diese jungen Männer. Sie wies sie zurecht, und einen von ihnen schlug sie sogar ins Gesicht. Dann lief sie weg.
Auf dem Heimweg sagte sie sich: «Wie unhöflich und ungebildet sind diese jungen Männer doch! Es ist unerträglich!»
Ein Jahr verging, in dem das junge Mädchen viel über Jahrmärkte und junge Männer nachdachte. Dann ging sie wieder auf den Jahrmarkt, und ihr Gesicht glich immer noch Lilien und Rosen, ihr Haar leuchtete wie ein Sonnenuntergang, und auf ihren Lippen lächelte das Morgenrot.
Doch die jungen Männer, die sie sahen, wandten sich dieses Mal von ihr ab. Den ganzen Tag lang blieb sie unbeachtet und alleine.
Am Abend sagte sie sich auf ihrem Heimweg: «Ich bin entsetzt! Wie unhöflich und ungebildet sind diese jungen Männer doch! Es spottet jeder Beschreibung!»

Die beiden Prinzessinnen

In der Stadt Schawakis lebte ein Prinz, den jeder liebte, Männer, Frauen und Kinder; sogar die Tiere des Feldes kamen und begrüßten ihn. Nur seine Frau, hieß es, liebte ihn nicht, sondern verachtete ihn sogar.

Eines Tages stattete die Prinzessin einer Nachbarschaft der Prinzessin von Schawakis einen Besuch ab. Als sie zusammensaßen und sich unterhielten, kam die Sprache auch auf ihre Ehemänner.

Die Prinzessin von Schawakis sagte leidenschaftlich: «Ich beneide dich um dein Glück mit deinem Gatten, dem Prinzen, mit dem du schon so viele Jahre glücklich verheiratet bist. Ich hingegen verachte meinen Gemahl, denn er gehört nicht mir alleine. Ich bin wahrlich eine unglückliche Frau!»

Die Besucherin sah sie lange aufmerksam an. Dann sagte sie: «Meine Freundin, in Wahrheit liebst du deinen Garten und empfindest glühende Leidenschaft für ihn, denn das

Leben einer Frau gleicht dem Frühling in einem Garten. Mich und meinen Gemahl solltest du dagegen bedauern, denn wir ertragen einander nur noch in stiller Ergebung. Du und die anderen haltet dies zu Unrecht für Glück.»

Der Blitz

An einem stürmischen Tag war ein Bischof gerade in seiner Kathedrale, als eine Frau hereinkam. Sie trat vor den Bischof und fragte ihn: «Ich bin keine Christin. Kann ich dennoch vor dem Höllenfeuer gerettet werden?»
Der Bischof blickte die Frau an und sagte: «Nein, nur diejenigen, die mit Wasser und dem Heiligen Geist getauft sind, werden gerettet werden.»
Als er noch sprach, schlug ein Blitz in die Kathedrale ein und entzündete ein Feuer darin.
Die Männer der Stadt eilten herbei. Sie konnten nur noch die Frau retten. Der Bischof wurde ein Opfer der Flammen.

Der Einsiedler und die Tiere

Es lebte einmal ein Einsiedler inmitten grüner Hügel. Er besaß einen reinen Geist und ein unschuldiges Herz. Alle Tiere der Erde und alle Vögel des Himmels kamen paarweise zu ihm, scharten sich um ihn und lauschten seinen Worten. Sie verharrten bei ihm, bis die Nacht kam. Dann erteilte er ihnen seinen Segen und überließ sie dem Wind und dem Wald.

Eines Abends, als er von der Liebe sprach, erhob eine Leopardin ihren Kopf und sagte zu dem Einsiedler: «Du sprichst zu uns von der Liebe – sag uns, wo deine Gefährtin ist!» «Ich habe keine Gefährtin», antwortete der Einsiedler.

Da erhob sich ein Schrei der Verwunderung in der Versammlung der Tiere und sie sagten unter sich: «Wie kann er uns etwas von Liebe und Ehe erzählen, wenn er nichts davon weiß?» Enttäuscht zogen sich die Tiere von ihm zurück und ließen ihn allein.

In dieser Nacht lag der Einsiedler auf seiner Matte mit dem Gesicht zur Erde; er weinte bitterlich und schlug sich mit seinen Händen an die Brust.

Der Prophet und das Kind

Eines Tages traf der Prophet Scharia ein Kind in einem Garten. Das Kind rannte auf ihn zu und grüßte ihn: «Guten Morgen, mein Herr!» Der Prophet erwiderte seinen Gruß und fügte hinzu: «Wie ich sehe, bist du alleine.»
Das Kind sagte lachend: «Es hat mich eine Menge Zeit gekostet, meine Kinderfrau loszuwerden. Sie glaubt, ich wäre hinter dieser Hecke dort, doch wie du siehst, bin ich hier.»
Der Junge sah den Propheten an und stellte fest: «Du bist ja auch allein. Was hast du mit deiner Kinderfrau gemacht?»
«Das ist etwas anderes», antwortete der Prophet. «Es kommt nicht oft vor, dass ich

sie loswerde, aber nun sucht sie mich sicher auch hinter dieser Hecke.» Das Kind klatschte in die Hände und jauchzte: «Dann bist du ja auch deinem Aufpasser entwischt! Ist es nicht toll, einmal ohne Aufsicht zu sein?»
Nach einer Weile wollte das Kind wissen: «Wer bist du eigentlich?»
«Man nennt mich den Propheten Scharia», war seine Antwort. «Und sag, wer bist du?»
«Ich bin nur ich selbst», sagte das Kind. «Meine Kinderfrau sucht mich, und sie weiß nicht, wo ich bin.»
Da schaute der Prophet zum Himmel und sagte: «Ich bin auch vor meiner Kinderfrau geflohen. Aber sie wird mich wieder finden.»
«Ich weiß, meine wird mich auch wieder finden», entgegnete das Kind.
In diesem Augenblick hörte man eine Frauenstimme den Namen des Kindes rufen. «Siehst du», sprach das Kind, «ich sagte dir ja, dass sie mich finden wird.»
Kurz darauf vernahm man eine andere Stimme: «Wo bist du, Scharia?» Und der Prophet

sagte: «Siehst du, mein Kind, auch mich hat man wieder gefunden.»
Scharia blickte zum Himmel empor und antwortete: «Hier bin ich.»

Die Perle

Eine Auster sagte zu ihrer Nachbarin: «Ich empfinde einen großen Schmerz in meinem Innern. Etwas Schweres, Rundes verursacht mir große Pein.»
Die andere Auster erwiderte selbstgefällig: «Dank dem Himmel und der See, dass ich keine Schmerzen habe. Ich fühle mich innen wie außen wohl.»
Ein Krebs, der vorbeikam, hörte die Unterhaltung der beiden Austern. Er wandte sich an diejenige, die keine Schmerzen empfand und sprach: «Dir geht es gut, und du fühlst dich wohl. Aber wisse: der Schmerz, den deine Nachbarin erträgt, rührt von einer Perle her, die außerordentlich schön ist.»

Leib und Seele

Ein Mann und eine Frau saßen an einem Fenster, das sich auf den Frühling öffnete. Sie saßen eng beieinander. Da sagte die Frau: «Ich liebe dich. Du bist ansehnlich, reich und stets gut gekleidet.»

Der Mann entgegnete: «Ich liebe dich auch. Du bist ein schöner Gedanke und zu einmalig, um von einer Hand festgehalten zu werden. Du bist das Lied meiner Träume.»

Da wandte sich die Frau ärgerlich von ihm ab und sagte: «Verlass mich auf der Stelle! Ich bin weder ein Gedanke noch ein Lied deiner Träume! Ich bin eine Frau, und ich möchte, dass du mich als Frau begehrst und als Mutter deiner zukünftigen Kinder.»

Sie trennten sich. Der Mann sagte sich: «Wieder ein Traum, der sich in Nebel aufgelöst hat!» Und die Frau dachte: «Was ist das nur für ein Mann, der in mir nichts als Nebel und Traum sieht!»

Der König

Die Bewohner des Königreichs Sadiq umringten den Palast ihres Königs und rebellierten gegen ihn. Da erschien der König auf der Treppe seines Palastes: in der einen Hand hielt er seine Krone und in der anderen sein Zepter. Seine majestätische Erscheinung brachte die Menge zum Schweigen. Er trat vor sie hin und sprach:

«Meine Freunde, ihr seid nicht länger meine Untertanen; ich übergebe euch meine Krone und mein Zepter; ich will einer von euch werden und mit euch zusammen arbeiten, damit unser Los sich verbessert. Wir brauchen keinen König. Lasst uns zusammen auf die Felder und in die Weinberge gehen und gemeinsam Hand anlegen! Ihr müsst mir nur sagen, auf welches Feld oder in welchen Weinberg ich gehen soll, denn nun seid ihr alle Könige.»

Die Menschen verharrten schweigend und staunend, denn der König, den sie für den

Grund ihrer Unzufriedenheit gehalten hatten, überließ ihnen seine Krone und sein Zepter und wurde einer von ihnen. Dann ging jeder seines Weges, und der König begleitete einen der Männer aufs Feld.
Doch dem Königreich Sadiq ging es nicht besser ohne König, und der Schatten der Unzufriedenheit lag nach wie vor auf dem Land. Die Menschen auf dem Marktplatz riefen nun, dass sie wieder regiert werden wollten. Die Alten und die Jungen verlangten einstimmig: «Wir wollen unseren König wieder haben!»
Sie suchten ihren König und fanden ihn, wie er sich auf einem Feld abmühte. Sie begleiteten ihn zu seinem Thron, setzten ihm die Krone wieder auf und gaben ihm sein Zepter zurück. Und sie sprachen zu ihm: «Herrsche über uns mit Macht und Gerechtigkeit.»
«Ich will euch mit Macht regieren», sagte er, «und mögen die Götter des Himmels und der Erde mir beistehen, dass ich euch stets Gerechtigkeit widerfahren lasse!»

Bald darauf kamen Männer und Frauen zu ihm und berichteten ihm von einem Gouverneur, der sie ausbeutete und wie Leibeigene behandelte. Der König ließ den Gouverneur kommen und sprach zu ihm: «In der Waagschale Gottes hat jedes Menschenleben das gleiche Gewicht und den gleichen Wert. Da für dich das Leben derjenigen, die auf deinen Feldern und in deinen Weinbergen arbeiten, keinen Wert hat, wirst du verbannt und musst dieses Königreich für immer verlassen.»
Am folgenden Tag kam eine andere Delegation zum König und beklagte sich über die Grausamkeit einer Schlossherrin jenseits des Hügels, welche die Menschen ausnutzte und in Elend und Verzweiflung stürzte. Sofort wurde sie vor ein Gericht gestellt, und der König verbannte sie aus seinem Königreich. Er sagte zu ihr: «Diejenigen, die unsere Felder bestellen und in unseren Weinbergen arbeiten, sind nobler als wir, die wir das Brot essen, das sie backen, und den Wein trinken, den sie zubereiten. Und weil du dies nicht weißt,

musst du unser Land verlassen und fern von diesem Königreich leben!»
Wieder kamen Männer und Frauen und beklagten sich darüber, dass der Bischof sie schwere Steine für die Kathedrale tragen und behauen lasse, ohne sie für ihre Arbeit zu entlohnen, obgleich seine Schatzkammern voller Gold und Silber seien, während sie selber hungrig und mittellos seien.
Der König ließ den Bischof kommen und sprach zu ihm: «Dieses Kreuz, das du auf deiner Brust trägst, soll Leben spenden. Du aber hast den Menschen Lebensnotwendiges entzogen. Darum sollst du dieses Königreich verlassen und nie mehr zurückkehren!»
Einen ganzen Monat lang kamen Männer und Frauen zu ihrem König und beklagten sich über die Lasten, die man ihnen auferlegte. Und es verging kein Tag, an dem nicht einige Unterdrücker und Ausbeuter aus dem Königreich verbannt wurden. Die Menschen von Sadiq atmeten auf, und sie hatten wieder Freude an ihrem Leben.

Eines Tages gingen Alt und Jung zum Palast und riefen ihren König. Er kam zu ihnen, indem er in der einen Hand seine Krone hielt und in der anderen sein Zepter. Er sagte zu ihnen: «Was wollt ihr jetzt von mir? Seht, ich gebe euch zurück, was ihr mir als Zeichen des Königtums anvertraut habt.»
Aber sie riefen lauthals: «Nein, nein, du bist unser rechtmäßiger König. Du hast unser Land von den Schlangen befreit und die Wölfe vertrieben. Wir kommen, um dir dafür zu danken. Dein sei die Krone zum Zeichen deiner Macht und das Zepter zum Zeichen deiner Ehre!»
Der König entgegnete: «Nicht ich bin der König, sondern ihr seid es. Als ihr mich für schwach und regierungsunfähig hieltet, da wart ihr selber schwach. Nun geht es dem Land gut, weil ihr es so wollt. Ich bin nur ein Gedanke in euer aller Denken, und ich lebe in euren Taten. Es gibt keinen Herrscher, es gibt nur Menschen, die sich selbst beherrschen.
Der König ging mit Krone und Zepter in

seinen Palast zurück. Die Alten und Jungen trennten sich zufrieden. Und jeder sah sich selber als König mit der Krone in der einen und dem Zepter in der anderen Hand.

In den Sand geschrieben

Ein Mann sagte zu einem anderen: «Vor langer Zeit schrieb ich bei Flut mit der Spitze meines Spazierstocks eine Zeile in den Sand, und die Menschen halten immer noch an, um sie zu lesen, und achten darauf, dass sie nicht fortgespült wird.»

«Auch ich schrieb eine Zeile in den Sand», sagte ein anderer Mann, «aber es war bei Ebbe, und die Wellen des Meeres gingen darüber hinweg und löschten sie aus. Doch sag mir, was du geschrieben hast?»

«Ich bin der, der ist», antwortete der Angeredete. «Und was hast du geschrieben?».

«Ich bin nur ein Tropfen im großen Ozean», erwiderte der andere.

Die drei Gaben

Einst lebte in der Stadt Becharre ein Prinz, der von seinen Untertanen geliebt und verehrt wurde. Doch gab es in der Stadt auch einen armen Mann, der den Prinzen heftig kritisierte.
Der Prinz wusste davon, aber er übte sich in Geduld. Schließlich schickte er an einem Winterabend einen seiner Diener mit einem Sack Mehl, einem Beutel Seife und einem Zuckerkegel zum Haus des armen Mannes.
Der Diener sagte: «Der Prinz sendet dir diese Gaben als Zeichen seines Gedenkens.»
Der Mann freute sich über die Gaben, die er als Gunstbeweis des Prinzen auffasste. Stolz ging er zum Bischof, berichtete ihm von dem Geschenk des Prinzen und sagte: «Siehst du, wie sehr sich der Prinz um mein Wohl wollen bemüht!»
Doch der Bischof sprach: «Wie weise ist unser Prinz, und wie unverständig bist du! Erkennst du nicht die Symbole dieser Gaben? Das Mehl

ist für deinen leeren Magen bestimmt, die Seife für deine schmutzige Haut, und der Zucker soll deine bittere Zunge süßer machen.»
Von diesem Tag an wurde der Mann misstrauisch – sogar sich selbst gegenüber. Sein Hass auf den Prinzen war größer als je zuvor, und mehr noch hasste er den Bischof, der ihm die Bedeutung der Gaben des Prinzen enthüllt hatte. Doch von nun an schwieg er.

Friede und Krieg

Drei Hunde lagen in der Sonne und unterhielten sich. Der erste sagte begeistert: «Es ist wunderbar, in diesem Hundezeitalter zu leben! Denkt nur daran, wie bequem wir heute zu Wasser und zu Land – und sogar in der Luft – reisen können! Und denkt an die vielen Erfindungen, die unser Leben angenehmer gemacht haben, und an das, was wir heute alles mit unseren Augen, Ohren und Nasen wahrnehmen können!»

Der zweite Hund fuhr fort: «Wir sind heute aufgeschlossener für die Künste. Wir bellen den Mond viel rhythmischer an als unsere Vorfahren. Und wenn wir uns im Wasser betrachten, stellen wir fest, dass unsere Gesichtszüge klarer sind als früher.»
Der dritte Hund sagte: «Was mich am meisten fasziniert, ist das ruhige Einvernehmen, das zwischen den verschiedenen Hundereichen herrscht.»
In diesem Augenblick sahen die drei Hunde den Hundefänger näherkommen. Sie sprangen auf und rannten die Straße hinunter. Und der dritte Hund spornte sie an, während sie liefen: «Um Gottes willen, rennt um euer Leben! Die Zivilisation ist hinter uns her!»

Die Tänzerin

An den Hof des Prinzen von Birkascha kam einmal eine Tänzerin mit ihren Musikern. Man erlaubte ihr, vor dem Prinzen aufzu-

treten, und sie tanzte zu der Musik der Laute und der Zither.
Sie tanzte den Flammentanz und den Schwertertanz. Sie tanzte den Tanz der Sterne und des Kosmos. Dann tanzte sie den Tanz der Blumen im Wind.
Schließlich trat sie vor den Thron des Prinzen und verneigte sich vor ihm. Der Prinz bat sie näher zu treten und sprach: «Schöne Frau, Tochter der Anmut und des Frohsinns, woher stammt deine Kunst? Wie kommt es, dass sich alle Elemente der Natur deinen Rhythmen und Reimen fügen?»
Die Tänzerin verneigte sich erneut vor dem Prinzen und antwortete: «Majestät, ich kenne die Antwort auf deine Frage nicht. Ich weiß nur dies: die Seele eines Philosophen wohnt in seinem Kopf, die Seele des Propheten bewohnt sein Herz, die Seele des Sängers hat ihren Sitz in seiner Kehle. Die Seele des Tänzers aber wohnt in seinem ganzen Körper.»

Die beiden Schutzengel

Eines Abends trafen sich zwei Schutzengel am Stadttor. Sie grüßten sich und kamen miteinander ins Gespräch. Einer der beiden Engel fragte: «Was machst du zur Zeit? Welcher Auftrag wurde dir erteilt?»
Der andere antwortete: «Ich soll einen gefallenen Mann beschützen, der ein großer Sünder ist und unten im Tal wohnt. Lass dir versichern, dass es eine sehr verantwortungsvolle Aufgabe ist, mit der ich ungeheuer viel Arbeit habe.»
Der erste Engel entgegnete: «Das ist eine leichte Aufgabe im Vergleich zu der meinen! Ich kannte viele Sünder und wurde oft zu ihrem Schutz eingesetzt. Doch dieses Mal wurde mir aufgetragen, den guten Heiligen zu behüten, der da drüben in der Klause lebt. Und ich versichere dir, dass dies eine äußerst schwierige und heikle Arbeit ist.»
«Das ist eine Anmaßung», entgegnete der andere Schutzengel. «Wie kann es schwerer sein,

über einen Heiligen zu wachen, als über einen Sünder?»

«Es ist eine Unverschämtheit, mich anmaßend zu nennen», gab der erste Engel zurück. «Ich habe nur die Wahrheit gesagt. Wenn jemand anmaßend ist, so bist du es.»

Die Engel begannen sich zu streiten – zunächst mit Worten, dann mit ihren Fäusten und Flügeln. Während sie noch stritten, kam ein Erzengel vorbei. Er gebot ihnen Einhalt und erkundigte sich nach dem Grund ihres Streites: «Wisst ihr nicht, dass es sich für Engel nicht geziemt zu streiten? Worum geht es bei eurer Meinungsverschiedenheit?»

Da sprachen beide Engel gleichzeitig, und jeder nahm für sich in Anspruch, dass die ihm anvertraute Aufgabe schwerer und verantwortungsvoller sei als die des anderen und dass er die größere Anerkennung verdiene.

Der Erzengel besann sich, dann sagte er: «Meine Freunde, ich kann jetzt nicht entscheiden, wer von euch beiden mehr Anerkennung und Lohn beanspruchen kann. Doch weil

mir die Verantwortung für Frieden unter den Schutzengeln und für gute Schutzwache obliegt, so betraue ich einen jeden von euch mit der Aufgabe des anderen, die er für leichter hält. Geht an eure Arbeit und seid guten Mutes!»
Nach dieser Aufforderung gingen die beiden Schutzengel ihres Weges. Sie blickten dem Erzengel verstimmt nach, und in ihrem Herzen sagten sie sich: «Diese Erzengel! Sie machen uns das Leben von Tag zu Tag schwerer!»
Und der Erzengel hielt inne und sagte sich: «Wir sollten unsere Schutzengel noch aufmerksamer beobachten!»

Die Statue

In einem Gebirgsdorf lebte einmal ein Mann, der besaß eine uralte Scheune, die ein alter Meister geschaffen hatte. Sie lag neben dem Eingang zu seinem Haus mit dem Gesicht am Boden, und er beachtete sie nicht.

Da kam ein Mann aus der Stadt an seinem Haus vorbei; er war ein gebildeter Mann, und als er die Statue sah, fragte er den Besitzer, ob er sie verkaufen wolle. Der Besitzer erwiderte lachend: «Wer wird schon diesen glanzlosen und schmutzigen Stein kaufen wollen?»
«Ich gebe dir dieses Silberstück dafür», sagte der Mann aus der Stadt.
Der Besitzer war überrascht und hoch erfreut. Und die Statue wurde auf dem Rücken eines Elefanten in die Stadt gebracht.
Viele Monate später fuhr der Mann aus dem Bergdorf in die Stadt. Während er durch die Straßen der Stadt ging, sah er eine Menschenmenge vor einem Laden. Ein Mann rief mit lauter Stimme: «Treten Sie ein und entdecken Sie die schönste und wertvollste Statue der Welt! Nur zwei Silberstücke, und Sie sehen dieses großartige Meisterwerk!»
Der Mann aus dem Bergdorf zahlte zwei Silbermünzen und betrat den Laden. Da sah er die Statue, die er für ein Silberstück verkauft hatte.

Der Tausch

An einer Wegkreuzung trafen sich einst ein armer Dichter und ein reicher Dummkopf, und sie unterhielten sich miteinander. Alles, was sie sagten, enthüllte nur ihre große Unzufriedenheit.

Da kam der Engel der Straße vorüber und legte seine Hände auf die Schultern der beiden Männer.

Und siehe da, ein Wunder geschah: die beiden Männer hatten ihren Besitz getauscht.

Als sie auseinander gingen, fand der Dichter jedoch nichts als trockenen Sand in seiner Hand; und der Dummkopf schloss seine Augen, und sein Herz sah nichts als vorüberziehende Wolken.

Liebe und Hass

Eine Frau sagte zu einem Mann: «Ich liebe dich.» Der Mann antwortete: «Es liegt mir am Herzen, mich deiner Liebe würdig zu erweisen.»
Die Frau erwiderte: «Du liebst mich also nicht?» Der Mann sah sie nur schweigend an.
Da schrie die Frau: «Ich hasse dich!» Und der Mann erwiderte: «So liegt es mir am Herzen, mich deines Hasses würdig zu erweisen.»

Träume

Ein Mann hatte einen Traum. Als er erwachte, ging er zum Traumdeuter, um sich seinen Traum erklären zu lassen.
Der Traumdeuter sagte zu dem Mann: «Komm mit deinen Tagträumen zu mir, und ich will sie dir deuten. Deine Nachtträume hingegen zeugen weder von meiner Weisheit noch von deiner Vorstellungskraft.»

Der Narr

Im Garten eines Irrenhauses traf ich einen jungen Mann mit blassem Gesicht, dessen Züge jedoch liebenswürdig und geheimnisvoll waren.
Ich setzte mich neben ihn auf die Bank und fragte ihn, warum er hier sei.
Er sah mich verwundert an und sagte: «Du stellst mir eine unziemliche Frage, doch ich will sie beantworten. Mein Vater wollte aus mir eine Kopie von sich selber machen, und dasselbe wollte mein Onkel. Meine Mutter wollte, dass ich in die Fußstapfen ihres berühmten Vaters trete. Meine Schwester stellte mir ihren seefahrenden Gemahl als Vorbild hin, an dem ich mich orientieren sollte. Und mein Bruder ermunterte mich, ein Athlet wie er zu werden.
Auch meine Lehrer – sowohl der Philosophieprofessor als auch der Musiker und der Logiker – sie alle wollten aus mir ihr Spiegelbild machen. Deshalb kam ich hierher. Dieser Ort

ist geeigneter für mich, denn hier kann ich endlich ich selber sein.»

Dann wandte er sich an mich und fragte: «Sag mir, haben dich auch Erzieher und gut gemeinte Empfehlungen hierher gebracht?»

«Nein», entgegnete ich, «ich bin ein Besucher.»

«Aha», sagte er, «dann bist du einer von denen, die in dem Irrenhaus jenseits dieser Mauer leben.»

Die Frösche

An einem Sommertag sagte ein Frosch zu seiner Frau: «Ich befürchte, dass die Bewohner des Hauses hier am See durch unseren nächtlichen Gesang in ihrem Schlaf gestört werden.»

Seine Frau gab zurück: «Gut, aber stören sie nicht auch tagsüber unsere Stille durch ihr lautes Reden?»

«Vergiss nicht, das wir fast die ganze Nacht lang singen!», entgegnete der Frosch.

«Und vergiss nicht, dass sie tagsüber an-

dauernd reden oder schreien», antwortete seine Frau.
«Und was ist mit dem Ochsenfrosch, der die ganze Nachbarschaft mit seinem schrecklichen Gequake verrückt macht?», gab der Frosch zu bedenken.
Seine Frau erwiderte: «Und was sagst du von den Politikern, Priestern und Rednern, die an diesen See kommen und die Luft mit ihrem Geschwätz füllen?»
«Gut», sagte der Frosch, «dann lass uns besser sein als diese menschlichen Wesen! Lass uns nachts die Ruhe respektieren und unsere Gesänge in unseren Herzen bewahren, selbst wenn der Mond auf unsere Lieder wartet und die Sterne auf unsere Verse. Lass es uns wenigstens ein, zwei oder drei Nächte versuchen!»
«Einverstanden», sagte seine Frau, wir werden sehen, was dein gutmütiges Herz bewirkt.»
In dieser Nacht schwiegen die Frösche, und ebenso in der folgenden und in der dritten Nacht.

Die redselige Frau, die in dem Haus am See wohnte, kam an diesem dritten Morgen zum Frühstück und sagte zu ihrem Mann: «Ich habe die letzten Nächte überhaupt nicht geschlafen! Solange ich die Stimmen der Frösche hörte, hatte ich keine Schwierigkeiten mit dem Schlafen. Etwas muss passiert sein. Seit drei Tagen höre ich die Frösche nicht mehr und die Schlaflosigkeit treibt mich zum Wahnsinn.»

Als der Frosch dies hörte, wandte er sich an seine Frau und sagte augenzwinkernd: «Und wir wurden fast verrückt vor lauter Schweigen, nicht wahr?»

«Ja, das Schweigen in der Nacht ist uns schwer gefallen», bestätigte seine Frau, «doch nun gibt es keinen Grund mehr, unseren Gesang zu unterdrücken aus lauter Rücksicht auf diejenigen, die ihre Leere mit Lärm ausfüllen müssen.»

Und in dieser Nacht warteten der Mond und die Sterne nicht mehr vergeblich auf die Lieder und Verse der Frösche.

Gesetze und Gesetzgebung

Vor langer Zeit lebte ein weiser König. Er wollte Gesetze für seine Untergebenen erlassen. Darum lud er tausend weise Männer aus tausend verschiedenen Stämmen ein, in die Hauptstadt zu kommen und die Gesetze zu entwerfen.

Und so geschah es.

Die tausend Gesetze, die sie auf Pergament aufgezeichnet hatten, wurden dem König vorgelegt. Als er sie gelesen hatte, weinte er, denn er hatte nicht gewusst, dass es in seinem Königreich tausend verschiedene Formen von Verbrechen gab.

Dann ließ er seinen Schreiber kommen, und mit einem Lächeln auf den Lippen diktierte er selbst ihm seine Gesetze. Es waren nur sieben an der Zahl.

Die tausend Weisen zogen verärgert fort und kehrten mit den Gesetzen, die sie aufgezeichnet hatten, zu ihren Stämmen zurück. Und jeder Stamm befolgte die Gesetze seiner weisen

Männer. Und bis zum heutigen Tag besitzen sie tausend Gesetze.
Das Königreich ist groß und hat tausend Gefängnisse, und sie sind gefüllt mit Männern und Frauen, die eins der tausend Gesetze gebrochen haben.
Es ist ein weites Land, und seine Bewohner sind die Nachkommen von tausend Gesetzgebern und nur einem weisen König.

Gestern, heute und morgen

Ich sagte zu meinem Freund: «Siehst du, wie sie sich an die Schulter dieses Mannes lehnt? Gestern noch suchte sie meine Schulter.»
«Und morgen wird sie an meiner Seite gehen», fuhr mein Freund fort.
Ich sagte: «Siehst du, wie sie sich dicht an ihn schmiegt? Gestern saß sie noch ganz eng an mich gedrängt.»
«Und morgen wird sie mich an sich drücken», fuhr mein Freund fort.

«Sieh nur», sagte ich, «sie trinkt den Wein aus seinem Glas! Gestern noch nahm sie Schlucke aus meinem Glas.»
«Und morgen wird sie meinen Wein trinken», fuhr mein Freund fort.
«Sieh nur, wie liebevoll sie ihn anblickt!», sagte ich. «Gestern schenkte sie mir solche Blicke.»
«Und morgen wird sie mich so ansehen», fügte mein Freund hinzu.
«Hörst du sie Koseworte in sein Ohr flüstern? Gestern sagte sie mir solche Worte», sagte ich.
«Und morgen werde ich sie hören», fügte mein Freund hinzu.
«Schau, jetzt umarmt sie ihn!», sagte ich. «Gestern noch herzte sie mich.»
«Und morgen wird sie ihre Arme um mich schlingen», fügte mein Freund hinzu.
«Was für eine seltsame Frau!», sagte ich. Doch er entgegnete: «Sie gleicht dem Leben, das alle besitzen, dem Tod, der alle heimsucht, und der Ewigkeit, die alle umarmt.»

Der Philosoph und der Schuster

Ein Philosoph kam in den Laden eines Schusters und gab diesem den Auftrag, seine abgetragenen Schuhe zu flicken.
Der Schuster antwortete: «Ich bin gerade dabei, die Schuhe eines anderen Kunden zu reparieren; und es gibt noch mehr Schuhe, die ich vor deinen flicken muss. Doch lass deine Schuhe hier, trag unterdessen dieses Paar und komm morgen wieder!»
Entrüstet entgegnete der Philosoph: «Ich trage keine anderen Schuhe als meine eigenen!»
Da sagte der Schuster: «Du willst ein Philosoph sein und kannst nicht in die Schuhe eines anderen schlüpfen! In der gleichen Straße gibt es einen anderen Schuster, der Philosophen vielleicht besser versteht als ich. Geh zu ihm und lass dir deine Schuhe von ihm flicken!»

Die Brückenbauer

In Antiochia, wo der Fluss Assi ins Meer mündet, wurde eine Brücke gebaut, um die eine Hälfte der Stadt mit der anderen zu verbinden. Die riesigen Steinquader, die für den Bau benötigt wurden, schleppten Maultiere aus Antiochia auf dem Rücken vom Gebirge ans Ufer.

Als die Brücke fertig war, meißelte man in einen der Brückenpfeiler folgende Inschrift in griechischer und aramäischer Sprache: «Diese Brücke wurde von König Antiochus II. gebaut.»

Von nun an überquerten die Menschen den Fluss Assi auf der schönen, neuen Brücke.

An einem Abend stieg ein junger Mann, den alle für ein wenig verrückt hielten, zum Brückenpfeiler hinunter. Er strich die eingravierten Worte mit Holzkohle durch und schrieb darüber: «Die Steine dieser Brücke wurden von den Maultieren Antiochias aus dem Gebirge herangeschleppt. Wer die

Brücke überquert, reitet auf ihrem Rücken. Sie sind die wahren Erbauer dieser Brücke.»
Als die Menschen lasen, was der Jüngling geschrieben hatte, lachten einige, andere waren verwundert, und wieder andere sagten: «Wir wissen ja, wer das geschrieben hat! Nicht zu Unrecht sagt man, dass er ein wenig verrückt sei.»
Doch ein Maultier sagte lachend zum anderen: «Weißt du noch, wie wir diese schweren Steine geschleppt haben? Wie konnte irgendjemand behaupten, König Antiochus hätte diese Brücke gebaut?»

Unterwegs nach Zaad

Auf dem Weg nach Zaad traf ein Reisender einen Mann, der in einem der umliegenden Dörfer wohnte. Der Reisende deutete mit der Hand auf ein weites Feld und fragte: «War das nicht das Schlachtfeld, auf dem König Ahlam seine Feinde besiegte?»

Der Angeredete entgegnete: «Hier hat nie eine Schlacht stattgefunden! Auf diesem Feld stand einst die große Stadt Zaad, die zu Asche verbrannte; doch jetzt ist es ein fruchtbares Feld.»
Der Reisende ging weiter, und nach einer halben Meile traf er einen anderen Mann. Wieder zeigte er auf das Feld und sprach: «Das ist also der Platz, wo einst die große Stadt Zaad stand?»
Der Mann entgegnete: «Hier hat es nie eine Stadt gegeben, sondern ein Kloster, das von der Armee des Südens zerstört wurde.»
Nach einer Weile traf der Reisende auf der Straße nach Zaad einen dritten Mann. Wieder deutete er auf das weite Feld und fragte: «Ist das der Platz, auf dem einst ein großes Kloster gestanden hat?»
Der Angeredete erwiderte: «Hier war nie ein Kloster! Unsere Vorfahren berichten, dass einst ein Meteor in diesem Feld einschlug.»
Nachdenklich ging der Reisende weiter. Da traf er einen sehr alten Mann. Er grüßte den

Alten und berichtete: «Mein Herr, auf diesem Weg begegnete ich drei Männern, die in der Umgebung wohnen. Ich befragte sie alle zu diesem Feld, und jeder erzählte mir eine andere Geschichte und stritt ab, was die anderen zuvor gesagt hatten.»
Der alte Mann blickte auf und sprach: «Mein Freund, jeder dieser Männer sprach einen Teil der Wahrheit; doch nur wenige von uns sind fähig, die verschiedenen Teilwahrheiten zu einem Gesamtbild zusammenzufügen.»

Ein Gürtel voll Gold

Zwei Männer, die sich unterwegs getroffen hatten, gingen gemeinsam zur Säulenstadt Salamis. Am Nachmittag erreichten sie einen Fluss, doch es gab weit und breit keine Brücke, so dass sie das Wasser hätten überqueren können. Sie mussten entweder durch den Fluss schwimmen oder sich einen anderen Weg suchen.

Sie beschlossen: «Schwimmen wir also durch den Fluss, schließlich ist er nicht sehr breit.» Und sie sprangen ins Wasser und schwammen.
Einer der beiden Männer, der häufig in Flüssen geschwommen war, verlor in der Mitte des Stromes seine Kraft und wurde von den Wellen hinweggetragen. Der andere aber, der nie zuvor geschwommen war, gelangte ans andere Ufer. Als er seinen Begleiter mit den Wellen kämpfen sah, sprang er nochmals ins Wasser und brachte ihn sicher ans Ufer.
Der Mann, den die Wellen fortgerissen hatten, sprach zu seinem Retter: «Du sagtest doch, dass du nicht schwimmen kannst. Wie kommt es, dass du den Fluss so sicher überquert hast?»
«Mein Freund», antwortete sein Begleiter, «siehst du diesen Gürtel, den ich trage? Er ist voller Goldmünzen, die ich in diesem Jahr für meine Frau und meine Kinder verdient habe. Es ist das Gewicht dieses Gürtels voller Gold, das mich über den Fluss trug zu meiner Frau

und meinen Kindern. Und auch sie waren auf meinen Schultern, als ich schwamm.»
Und die beiden Männer setzten ihren Weg nach Salamis fort.

Die rote Erde

Ein Baum sagte zu einem Mann: «Meine Wurzeln reichen tief in die rote Erde, und ich werde dir von meinen Früchten schenken.»
Der Mann erwiderte: «Wie wir uns doch gleichen! Auch ich bin tief in der roten Erde verwurzelt. Sie ist es, die dir die Großmut verleiht, mir von deinen Früchten anzubieten, und die mich lehrt, sie dankbar anzunehmen.»

Vollmond

Der Vollmond ging prächtig über der Stadt auf, und alle Hunde begannen ihn anzubellen.

Nur ein Hund bellte nicht und sagte missbilligend: «Mit eurem Gebell könnt ihr weder die Ruhe aufwecken noch den Mond auf die Erde holen!»
Da hörten die Hunde auf zu bellen und schwiegen ehrfürchtig. Nur der Hund, der zu ihnen gesprochen hatte, bellte die ganze Nacht hindurch.

Der Prophet als Eremit

Es lebte einmal ein Prophet in einer Einsiedelei. Dreimal im Monat begab er sich in die Stadt und predigte auf dem Marktplatz über das Geben und Teilen. Er war sehr beredt und im ganzen Land bekannt.
An einem Abend kamen drei Männer in seine Einsiedelei, und er hieß sie willkommen. Sie sagten zu ihm: «Du hast uns das Geben und Teilen gepredigt, doch du suchst diejenigen, die viel geben, bei denen, die nur wenig besitzen. Wir sind davon überzeugt, dass dein

Ruhm dir Reichtum eingebracht hat. Teile nun deinen Reichtum mit uns, denn wir sind sehr bedürftig!»
Der Einsiedler antwortete: «Meine Freunde, ich habe weder Gold noch Silber. Ich besitze nur dieses Bett, diese Matte und diesen Krug Wasser. Nehmt sie euch, wenn ihr wollt.»
Da sahen sie ihn verächtlich an und verließen ihn. Der letzte der Drei blieb einen Augenblick an der Türschwelle stehen und rief: «Du Schwindler und Betrüger, du lehrst uns, was du selber nicht tust!»

Alter Wein

Es lebte einmal ein alter Mann, der zu recht stolz war auf seinen Weinkeller und den darin gelagerten Wein. Besonders stolz war er auf einen Krug eines sehr alten, kostbaren Weines, den er für eine besondere Gelegenheit aufbewahrte.
Als der Gouverneur ihn eines Tages besuchte,

sagte er sich: «Dieser Krug ist zu schade für einen einfachen Gouverneur.»
Auch als der Bischof der Diözese ihm einen Besuch abstattete, dachte er bei sich: «Nein, ich werde den Krug nicht öffnen! Er wird den Wert des Weines nicht ermessen und sein Aroma nicht zu schätzen wissen.»
Und als der Prinz des Königreichs zum Essen bei ihm war, dachte er: «Mein Wein ist zu königlich für einen einfachen Prinzen.»
Sogar an dem Tag, als sein Neffe heiratete, sagte er zu sich: «Nein, all diesen Gästen will ich meinen Wein nicht anbieten.»
So vergingen die Jahre, und er starb, und wie jede Saat wurde er der Erde anvertraut. Am Tag seiner Beerdigung holte man den Krug mit dem kostbaren alten Wein mit allen anderen Weinkrügen aus dem Keller und kredenzte ihn den Bauern der Umgebung. Und keiner von ihnen bemerkte das hohe Alter oder das besondere Aroma dieses kostbaren Weines. Für sie war alles, womit man ihre Gläser füllte, Wein – ein Wein wie jeder andere.

Die zwei Gedichte

Vor langer Zeit trafen sich auf dem Weg nach Athen zwei Dichter, und sie freuten sich über ihre Begegnung.
Nach einer Weile fragte einer den anderen: «Was hast du zuletzt gedichtet? Und was macht dein Spiel auf der Lyra?»
Der andere Dichter erwiderte stolz: «Gerade habe ich das größte meiner Gedichte abgeschlossen; vielleicht das größte, das je in griechischer Sprache geschrieben wurde. Es ist eine Anrufung des allmächtigen Gottes Zeus.»
Er holte unter seinem Gewand ein Pergament hervor und sagte: «Sieh, ich habe es bei mir, und ich werde es dir gerne vorlesen. Komm, setzen wir uns in den Schatten der Zypresse!»
Und der Dichter las sein Gedicht vor, und es war ein sehr langes Gedicht.
Der andere sagte anerkennend: «Das ist ein großartiges Werk! Es wird die Jahrhunderte überdauern und dir zur Ehre gereichen.»

«Und was hast du in letzter Zeit geschrieben?», erkundigte sich der so Gelobte.
«Ich habe nur wenig geschrieben», gab sein Kollege zur Antwort, es sind nur acht Zeilen; ich schrieb sie in Erinnerung an ein Kind, das in einem Garten spielte», und er trug diese acht Zeilen vor. Dann ging ein jeder seines Weges.
Und nun, nach zweitausend Jahren, werden die acht Zeilen dieses Dichters in allen Sprachen gelesen, und überall werden sie geschätzt und geliebt.
Und wenn auch das andere Gedicht tatsächlich die Jahrhunderte in den Bibliotheken und Gelehrtenstuben überdauerte, so wird es weder gelesen noch geliebt.

Lady Ruth

Drei Männer blickten einst aus der Ferne auf ein weißes Haus, das einsam auf einem grünen Hügel stand. Einer von ihnen sagte: «Das ist das Haus von Lady Ruth; sie ist eine alte Hexe.»

«Das ist nicht wahr», sagte der zweite Mann. «Lady Ruth ist eine wunderschöne Frau, die sich in diesem Haus ihren Träumen hingibt.»

Ihr habt beide Unrecht», sagte der dritte Mann. «Lady Ruth besitzt das gesamte umliegende Land, und sie beutet ihre Leibeigenen bis aufs Blut aus.»

Sie gingen weiter, während sie sich über Lady Ruth unterhielten.

An einer Kreuzung trafen sie einen alten Mann, und einer von ihnen fragte ihn: «Kannst du uns etwas über Lady Ruth erzählen, die in dem weißen Haus auf dem Hügel lebt?»

Der alte Mann sah sie lachend an und sprach: «Ich bin neunzig Jahre alt, und ich kannte Lady Ruth, als ich ein Junge war. Doch Lady Ruth starb vor achtzig Jahren, und nun steht das Haus leer. Die Leute sagen, dass es darin spuke und dass man die Eulen darin heulen höre.»

Die Maus und die Katze

Eines Abends traf ein Dichter einen Bauern. Der Dichter war ein zurückhaltender Mensch, und der Bauer war ebenfalls etwas scheu. Dennoch kamen sie ins Gespräch.
Der Bauer sagte: «Lass dir eine kleine Geschichte erzählen, die ich kürzlich hörte: Eine Maus geriet in eine Mausefalle. Während sie mit Genuss den Käse verzehrte, der darin lag, kam eine Katze vorbei. Zuerst zitterte die Maus vor Angst, doch dann wurde ihr bewusst, dass sie in der Mausefalle sicher war.
«Du hältst gerade deine Henkersmahlzeit, mein Freund», sagte die Katze.
«Ich weiß», erwiderte die Maus, «ich habe ein Leben und einen Tod. Doch was ist mit dir? Ich habe gehört, dass du neun Leben hast; folglich wirst du auch neun Mal sterben.»
Der Bauer sah den Dichter an und sprach: «Ist das nicht eine seltsame Geschichte?»
Der Dichter antwortete nicht. Er ging weg und sagte sich: «Gewiss, wir haben neun

Leben und wir werden neun Mal sterben. Vielleicht wäre es besser, nur ein Leben zu haben – ein Leben in der Falle wie der Bauer in seiner Familie – mit einem Stück Käse als letzte Mahlzeit? Aber sind wir nicht verwandt mit den Löwen der Wüste und des Dschungels?»

Der Fluch

Ein alter Seemann erzählte einmal:
«Es ist etwa dreißig Jahre her, dass ein Matrose mit meiner Tochter durchbrannte. Ich verfluchte beide in meinem Herzen, denn ich liebte meine Tochter über alles in der Welt. Bald darauf sank das Schiff des Matrosen auf den Meeresgrund, und mit ihm verlor ich auch meine über alles geliebte Tochter. Vor dir steht also ein Mörder, der den Tod eines Jünglings und einer jungen Frau auf dem Gewissen hat, denn es war mein Fluch, der sie tötete. Und jetzt, auf meinem Weg zum Grab, suche ich Gottes Vergebung und Gnade.»

Das sagte der alte Mann. Aber er sagte es mit einem Anflug von Prahlerei, so als sei er stolz auf die Wirksamkeit seines Fluches.

Die Granatäpfel

Es war einmal ein Mann, der viele Granatapfelbäume in seinem Garten hatte. Im Herbst pflegte er reife Früchte auf einem silbernen Tablett vor seine Haustür zu stellen. Davor legte er ein Schild, auf das er geschrieben hatte: «Nimm dir eine Frucht und sei willkommen!»

Doch die Menschen gingen vorüber, und keiner kam seiner Aufforderung nach.

Der Mann dachte darüber nach. Im nächsten Herbst stellte er die Silberschale mit den Früchten wieder vor seine Tür; doch auf das Schild daneben hatte er mit großen Buchstaben geschrieben: «Hier gibt es die besten Granatäpfel des ganzen Landes; dafür kosten sie auch mehr als anderswo.»

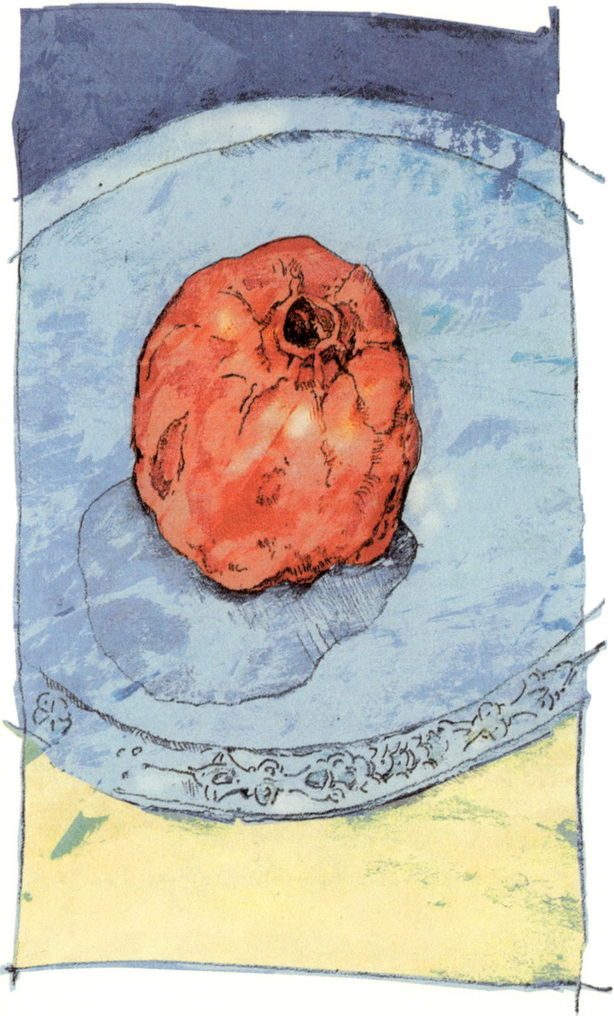

Und siehe da, alle Männer und Frauen der Umgebung strömten herbei, um die Granatäpfel zu kaufen.

Gott und Götter

Auf den Stufen des Tempels der Stadt Kilafis stand ein Sophist und predigte die Existenz vieler Götter. Die Menschen dachten bei sich: «Wir wissen das doch alle. Leben sie nicht mit uns und folgen uns, wohin wir auch gehen?»
Es dauerte nicht lange, da stand wieder ein Prediger auf dem Marktplatz der Stadt und sprach zu der Menge: «Es gibt keinen Gott!» Viele, die ihn hörten, freuten sich über seine Botschaft, denn sie fürchteten die Götter.
Bald darauf kam ein Mann von großer Beredsamkeit und verkündete: «Es gibt nur einen Gott.» Da erschraken die Menschen, denn sie fürchteten das Urteil eines einzigen Gottes mehr als das von vielen Göttern.
Nach einer Weile kam ein anderer Prediger

und lehrte: «Es gibt drei Götter, die als ein einziger Gott über den Winden thronen; sie haben eine gütige Mutter, die zugleich ihre Gattin und Schwester ist.»
Da waren alle getröstet, denn sie sagten sich: «Drei Götter in einem werden sich in der Beurteilung unserer Verfehlungen widersprechen, und die gütige Mutter wird uns armen, schwachen Menschen eine Fürsprecherin sein.»
Und bis zum heutigen Tag streiten sich die Menschen in der Stadt Kilafis darüber, ob es viele Götter, einen oder keinen Gott gibt oder sogar drei Götter in einem mit einer gnädigen Mutter.

Die taube Frau

Einst lebte ein reicher Mann mit seiner jungen Frau, die taub war wie ein Stein. Als sie eines Morgens beim Frühstück saßen, sagte die junge Frau: «Gestern sah ich auf dem Marktplatz seidene Gewänder aus Damaskus,

Tücher aus Indien, Halsketten aus Persien und Armbänder aus Yamman. Es scheint, dass die Karawanen all dies erst kürzlich in unsere Stadt brachten. Und sieh mich an: Ich bin die Frau eines reichen Mannes und laufe in Lumpen herum! Ich möchte mir einige dieser schönen Dinge kaufen.»

Der Mann sagte, während er seinen Morgenkaffee trank: «Meine Liebe, es gibt keinen Grund, warum du nicht auf den Markt gehen solltest, um alles zu kaufen, was dein Herz begehrt.»

«Nein! Nein!», erwiderte die taube Frau. «Immer sagst du nur ‹nein›! Soll ich bei unseren Freunden in abgetragenen Kleidern erscheinen und deinen Wohlstand und meine Familie beschämen?»

Der Mann entgegnete: «Ich sagte nicht ‹nein›. Geh ruhig auf den Markt und kauf dir die schönsten Gewänder und den kostbarsten Schmuck von all dem, was in unsere Stadt gebracht wurde.»

Wieder missdeutete die Frau seine Antwort

und sagte: «Von allen Reichen der Stadt bist du der geizigste. Du verwehrst mir alles, was schön und begehrenswert ist; die anderen Frauen meines Alters spazieren in den kostbarsten Gewändern durch die Gärten der Stadt.»

Sie begann zu weinen. Und unter Tränen wiederholte sie: «Immer sagst du ‹nein›, wenn ich mir ein Gewand oder ein Schmuckstück wünsche!»

Ihr Mann war sehr gerührt. Er stand auf, nahm eine Handvoll Gold aus seinem Geldschrank, legte es vor sie hin und sagte freundlich: «Geh auf den Markt, meine Liebe, und kauf dir alles, was dein Herz begehrt.»

Von diesem Tag an erschien die taube, junge Frau immer mit Tränen in den Augen vor ihrem Mann, wenn sie etwas zu haben wünschte, und er legte ihr dann schweigend eine Hand voll Gold in den Schoß.

Da geschah es, dass die junge Frau sich in einen Jüngling verliebte, der lange Reisen zu unternehmen pflegte. Und immer, wenn er

auf Reisen war, saß sie an ihrem Fenster und weinte.
Und wenn ihr Mann sie so weinen sah, sagte er sich: «Sicher sind neue Karawanen in der Stadt eingetroffen mit seidenen Kleidern und kostbaren Juwelen.»
Und er nahm eine Hand voll Gold aus seinem Geldschrank und legte es vor sie hin.

Die Frage

Vor tausend Jahren trafen sich zwei Philosophen an einem Hang des Libanongebirges. Da fragte der eine den anderen: «Wohin gehst du?»
Sein Kollege erwiderte: «Ich suche nach der Quelle der Jugend; ich weiß, dass sie in diesem Gebirge entspringen soll. Ich fand Schriften, die besagen, dass sie der Sonne zufließt. Und was suchst du hier?»
«Ich suche das Geheimnis des Todes», war die Antwort.
Da waren beide Philosophen der Meinung,

dass es dem anderen an Gründlichkeit des Wissens mangele, und sie bezichtigten sich gegenseitig geistiger Blindheit.
Während die beiden noch heftig stritten, näherte sich ein Mann, den man in seinem Dorf für einfältig hielt. Als er die beiden diskutieren sah, hielt er inne und hörte sich ihre Argumente an. Dann wandte er sich an sie und sagte: «Es scheint mir, dass ihr beide der gleichen philosophischen Schule angehört. Ihr sprecht von der gleichen Sache, aber in unterschiedlichen Worten. Der eine von euch sucht die Quelle der Jugend und der andere das Geheimnis des Todes. In Wahrheit sind beide eins, und diese eine Quelle befindet sich in euch.»
Dann ging der Fremde weiter mit den Worten: «Lebt wohl, ihr weisen Männer», und er lächelte nachsichtig. Die beiden Philosophen sahen sich einen Augenblick schweigend an und lachten auch. Und einer von ihnen sagte: «Also, sollen wir nicht zusammen auf die Suche gehen?»

Das Zepter

Einst sprach ein König zu seiner Frau: «Du bist keine wahre Königin! Du bist zu ungesittet und gewöhnlich, um meine Gemahlin zu sein.»

Die Frau entgegnete: «Und du hältst dich nur für einen König! In Wahrheit bist du ein erbärmlicher Angeber!»

Diese Worte erzürnten den König so sehr, dass er sein goldenes Zepter nahm und der Königin damit auf die Stirn schlug.

In diesem Augenblick trat der Zeremonienmeister ein und sagte: «Majestät, dieses Zepter wurde von dem größten Künstler des Landes geschaffen. Eines Tages werdet ihr und die Königin vergessen sein, doch dieses Zepter wird von Generation zu Generation als kostbares Kunstwerk geschätzt und aufbewahrt werden. Und nun, da es vom Stirnblut der Königin gefärbt ist, wird es noch mehr Beachtung und Ehrerbietung finden.»

Der Pfad

In einem Dorf in den Bergen des Libanon lebte eine Frau mit ihrem Sohn, der ihr einziges Kind war. Dieser Sohn starb an Fieber, während der Arzt noch zugegen war.

Erschüttert flehte die Mutter den Arzt an: «Sag mir, was es war, das sein Leben anhielt und sein Lied verstummen ließ? Der Arzt antwortete: «Es war das Fieber.»

«Was ist das Fieber?», wollte die Mutter wissen.

«Ich kann es nicht erklären», sagte der Arzt. «Es ist etwas unendlich Kleines, das wir mit unseren Augen nicht sehen können. Es dringt in den Körper ein und zerstört ihn.»

Am Abend kam der Priester, um die Mutter zu trösten. Sie weinte bitterlich und rief: «Warum musste ich meinen Sohn verlieren, meinen einzigen Sohn?»

«Mein Kind», sagte der Priester, «das ist der Wille Gottes.»

«Wer ist Gott, und wo ist er?», fragte die Frau.

«Ich will ihn sehen, damit ich ihm mein Herz öffne und mein Herzblut zu seinen Füßen ausgieße. Sag mir, wo ich ihn finden kann!»
«Gott ist unendlich groß», sprach der Priester, «und wir können ihn mit unseren menschlichen Augen nicht wahrnehmen.»
Da rief die Frau: «Das unendliche Kleine hat meinen Sohn auf Geheiß des unendlich Großen getötet! Wer sind wir?»
In diesem Augenblick trat die Mutter der Frau mit dem Leichentuch für den Jüngling in den Raum. Sie hatte die Worte des Priesters und ihrer Tochter gehört. Sie legte das Leichentuch beiseite, nahm die Hand ihrer Tochter in ihre Hände und sagte: «Meine Tochter, wir selbst sind das unendliche Kleine und das unendlich Große, und wir sind der Pfad zwischen beiden.»

Der Wal und der Schmetterling

Eines Abends saßen ein Mann und eine Frau, die sich von früher kannten, zusammen in einer Postkutsche.

Der Mann war ein Dichter, und als er neben der Frau in der Kutsche saß, wollte er ihr mit Geschichten die Zeit vertreiben. Einige der Geschichten stammten aus seiner Feder.

Während er noch erzählte, schlief die Dame ein. Als die Postkutsche plötzlich schlingerte, erwachte die Dame und sagte zu ihrem Begleiter: «Ich bewundere Ihre Geschichte von Jona und dem Wal!»

Der Dichter entgegnete: «Aber meine Dame, ich erzählte Ihnen eine Geschichte, die ich geschrieben habe. Sie handelte von einem Schmetterling und einer weißen Rose und von ihrer Beziehung zueinander.»

Ansteckender Friede

Ein blühender Zweig sagte zum Nachbarzweig: «Dies ist ein langweiliger, öder Tag!»
«Es ist wirklich ein öder, langweiliger Tag», erwiderte sein Nachbar.
In diesem Augenblick flog ein Sperling auf einen der Zweige und bald darauf landete ein anderer auf dem Nachbarzweig.
«Meine Frau hat mich verlassen», zwitscherte der eine Sperling.
Und der andere berichtete: «Auch meine Frau ist weggeflogen und wird nicht zurückkehren. Aber warum soll ich mir darüber Sorgen machen?»
Die beiden Sperlinge begannen sich zu zanken. Ihr Streit wurde immer heftiger, und sie verursachten einen schrecklichen Lärm. Plötzlich flogen zwei andere Spatzen auf sie zu und setzten sich schweigend neben die aufgebrachten, streitenden Sperlinge. Bald kehrten Ruhe und Frieden ein, und dann flogen die vier paarweise fort.

Da sagte der erste Zweig zu seinem Nachbarn: «Das war ja ein fürchterliches Gezeter!»
Der andere Zweig entgegnete: «Nenne es, wie du willst! Jedenfalls ist es jetzt friedlich und ruhig. Und wenn da oben in den Lüften Friede geschlossen wird, sollten auch wir in den Niederungen davon lernen. Willst du nicht mit Hilfe des Windes ein wenig näher rücken?»
«Warum nicht», antwortete der erste Zweig, um des Friedens willen, und bevor der Frühling zu Ende geht.»
Und er ließ sich vom Wind zum Nachbarzweig tragen und umarmte ihn.

Der Schatten

An einem Tag im Monat Juni sagte das Gras zum Schatten einer Ulme: «Du bewegst dich ohne Unterlass hin und her und störst meinen Frieden.»
Der Schatten antwortete: «Nicht ich bin es,

der sich bewegt. Schau nach oben! Da siehst du einen Baum, der sich im Wind zwischen Sonne und Erde hin und her bewegt.
Das Gras blickte empor und sah zum ersten Mal den Baum, und es dachte bei sich: «Sieh an, es gibt Gras, das viel größer ist als ich.»
Und es schwieg von nun an.

Siebzig Jahre alt

«Ich liebe dich!», sagte ein junger Dichter zu einer Prinzessin.
«Ich liebe dich auch, mein Kind!», erwiderte die Prinzessin.
«Aber ich bin nicht dein Kind. Ich bin ein Mann, und ich liebe dich.»
«Ich bin Mutter von Söhnen und Töchtern», entgegnete die Prinzessin. «Meine Kinder haben bereits Söhne und Töchter, und einer der Söhne meines Sohnes ist älter als du.»
«Aber ich liebe dich», wiederholte der Dichter.
Bald darauf starb die Prinzessin. Doch bevor

ihr letzter Atemzug im Atem des Kosmos aufging, sagte sie in ihrem Herzen: «Mein Geliebter, mein einziger Sohn, mein junger Dichter, eines Tages werden wir uns wieder sehen, und ich werde nicht siebzig Jahre alt sein.»

Gottfindung

Zwei Männer gingen im Tal spazieren. Da deutete einer mit seinem Finger auf das Gebirge vor ihnen und fragte: «Siehst du diese Einsiedelei? Dort lebt ein Mann, der vor langer Zeit der Welt den Rücken gekehrt hat. Er sucht nur Gott und nichts anderes auf Erden.»
Der andere Mann sagte: «Er wird Gott nur finden, wenn er die Einsiedelei und ihre Einsamkeit verlässt und in diese Welt zurückkehrt, um unsere Freude und unser Leid zu teilen, wenn er bei Hochzeiten mit unseren Tänzern tanzt und mit uns an den Särgen unserer Verstorbenen weint.»
Der erste Mann war im Grund seines Herzens

der gleichen Meinung, doch ungeachtet seiner Überzeugung sagte er: «Ich stimme mit allem überein, was du sagst, doch ich glaube, dass dieser Einsiedler ein guter Mensch ist. Und kann es nicht sein, dass ein guter Mensch in seiner Zurückgezogenheit mehr Gutes bewirkt als die scheinbare Rechtschaffenheit vieler Menschen?»

Der Fluss

Im Kadischa-Tal, durch das ein breiter Fluss strömt, unterhielten sich zwei Seitenarme des Flusses miteinander.

«Wie kamst du hierher, und wie war dein Weg», fragte der eine.

«Mein Weg war sehr beschwerlich», antwortete der andere. «Ein gebrochenes Mühlrad lag im Weg, und der Bauer, der mich aus meinem Bett auf die Felder zu leiten pflegte, ist gestorben. Ich musste dagegen kämpfen, im Schmutz derjenigen zu versickern, die den ganzen Tag faul in der Sonne liegen. Und wie war dein Weg, mein Bruder?»

Mein Weg war ganz anders als deiner», war die Antwort. «Er führte den Berg hinab durch duftende Blumenfelder, vorbei an scheuen Weiden. Männer und Frauen tranken von meinem Wasser aus silbernen Schalen, und kleine Kinder plantschten mit ihren rosigen Füßchen an meinen Ufern. Um mich herum gab es nur Fröhlichkeit und Gesang. Wie schade, dass dein Weg nicht so erfreulich war wie der mcinc!»

In diesem Augenblick rief der breite Strom: «Herein, kommt herein, wir fließen bald ins Meer! Kommt herein und hört auf zu reden! Bleibt jetzt bei mir, denn wir münden bald ins Meer! Kommt herein, und bei mir werdet ihr eure Wanderwege vergessen, egal ob sie erfreulich oder beschwerlich waren! Kommt herein, ihr und ich, wir alle werden unsere Wege vergessen, wenn wir das Meer erreichen – das Herz unserer Mutter.»

Die zwei Jäger

An einem Tag im Mai trafen sich Freud und Leid an einem See. Sie setzten sich ans Ufer und unterhielten sich.
Die Freude sprach von der Schönheit auf Erden, von den täglichen Wundern des Lebens in Wald und Gebirge und von den Liedern, die morgens und abends erklingen.
Das Leid erklärte sich mit allem einverstanden, was die Freude sagte, denn es kannte den Zauber dieser Stunde. Und so sprach es beredt vom Mai in den Feldern und im Gebirge.
Freud und Leid sprachen lange und ausgiebig miteinander und sie stimmten in allem überein.
Da kamen auf der anderen Uferseite zwei Jäger vorüber. Einer von ihnen fragte: «Wer sind diese zwei Personen am anderen Ufer?»
«Sagtest du zwei?», erwiderte der andere. «Ich sehe nur eine Person.»
«Nein, es sind zwei», beharrte der erste auf seiner Feststellung.

«Ich kann nur eine Person sehen», sprach der andere, «und es gibt nur ein Spiegelbild im Wasser.»
«Nein, es sind zwei Personen und auch zwei Spiegelbilder im Wasser», widersprach der erste.
«Ich sehe nur eine Gestalt!»
«Und ich sehe ganz deutlich zwei Personen!»
Und bis zum heutigen Tag behauptet ein Jäger, sein Kollege sehe doppelt, während der andere versichert, dass sein Freund halb blind sei.

Der andere Wanderer

Einmal geschah es, dass ich unterwegs einen anderen Wanderer traf. Er war etwas merkwürdig und er sagte zu mir: «Oft scheint es mir, als bewegte ich mich inmitten von Zwergen auf dieser Erde. Da mein Kopf sie um siebzig Ellen überragt, kann ich höhere und freiere Gedanken denken. In Wahrheit wan-

dele ich nicht zwischen den Menschen, sondern über ihnen, und alles, was sie von mir zu sehen bekommen, sind meine Fußstapfen auf ihren Feldern. Oft hörte ich sie über Größe und Form meiner Fußspuren reden.
Manche sagten: ‹Das sind die Fußspuren eines Mammuts, das in längst vergangenen Zeiten über unsere Erde ging.›
Andere behaupteten: ‹Nein, das sind Spuren von Meteoren, die von weit entfernten Sternen kamen und hier einschlugen.›
Doch du, mein Freund, weißt genau: Es sind nur die Spuren eines anderen Wanderers.»